陈忠坤诗歌自选

陈忠坤 ◎ 著

海峡出版发行集团 | 海峡文艺出版社
THE STRAITS PUBLISHING & DISTRIBUTING GROUP | Haixia Literature & Art Publishing House

图书在版编目（CIP）数据

短吁长叹：陈忠坤诗歌自选 / 陈忠坤著 .—福州：
海峡文艺出版社，2023.1
ISBN 978-7-5550-3295-3

Ⅰ.①短… Ⅱ.①陈… Ⅲ.①诗集－中国－当代
Ⅳ.① I227

中国版本图书馆 CIP 数据核字 (2022) 第 253753 号

短吁长叹

陈忠坤 著
出 版 人　林　滨
责 任 编 辑　何　莉
出 版 发 行　海峡文艺出版社
经　　　销　福建新华发行（集团）有限责任公司
社　　　址　福州市东水路 76 号 14 层　　邮编 350001
发 行 部　0591-87536797
印　　　刷　厦门集大印刷有限公司　　　邮编 361021
厂　　　址　厦门市集美区环珠路 256-260 号 3 号厂房一至二楼
开　　　本　700 毫米 ×1000 毫米　1/32
字　　　数　80 千字
印　　　张　5.25
版　　　次　2023 年 1 月第 1 版
印　　　次　2023 年 1 月第 1 次印刷
书　　　号　ISBN 978-7-5550-3295-3
定　　　价　52.00 元

如发现印装质量问题，请寄承印厂调换

谨以此书

献给四十岁的自己！

作者简介

陈忠坤，现为厦门外图凌零图书策划有限公司总经理，《书香两岸》杂志社执行社长；中国民主促进会会员；福建省作家协会会员。其作品散见于加拿大诗刊《北美枫》《儿童文学》《散文诗》《闽南风》《怀化文学》《赤壁文学》《行吟诗人》等；有出版专业文章发表于《出版商务周刊》《出版参考》《书香两岸》等，累计数十万字。

著有出版专著《梦想与现实》、人物传记《少年陈景润》《少年李林》、个人文集《天黑黑》、长篇小说《通仙茗》《七匹狼》等。其中，《少年陈景润》入选"2020年农家书屋重点图书推荐目录"，入选"2020年福建省青少年（初中阶段）阅读推荐书目"，入选2020年中国"儿童最爱百部童书"，获福建省第34届优秀文学作品榜提名作品。《少年李林》入选"2021年福建省青少年（初中阶段）阅读推荐书目"，获福建省第36届优秀文学作品榜提名作品。

封面题字：席地　　内页插画：黄蓉　　　▶▶▶

作为心灵档案的诗意呈现
陈忠坤诗歌自选集《短吁长叹》序

[澳大利亚] 庄伟杰

  结识陈忠坤的时间不算太长，但感觉好像已是多年的老朋友。最初印象只知道他热情好客，豪气干云，身上洋溢着一股侠义的气息。几经接触，方知他是一个"潜伏"的诗人，体内蓄盈着侠骨柔情，称得上是难得的闽南汉子，着实令人刮目相看。岁月渐行渐远，自然也加深了彼此间的了解和亲近。

  作为风华正茂的80后诗人，即将进入不惑之年的忠坤，自言应该寻找一种诗意方式献给四十岁的自己，于是迅速整理出一部命名为《短吁长叹》诗歌自选集。由此可以想象和意会，诗歌在陈忠坤的精神生活及日常生活中的位置是非同寻常的。难得的是，与那些张口闭口自诩为先锋的诗人，动辄在诗中把现实生活妖魔化、距离化的表达方式不同，忠坤这部诗集所用的语言质朴清朗，亲切感人，读起来轻松自然，诗行中处处皆是其内心真挚情感的坦然流露，既表达了个人性的生命体验与内在诉求，又以诗化的笔触自觉探寻人生的真谛，在唤醒我们的感官和心灵的同时，让笔者对诗有了一种新的认识和思考。

忠坤在这部仅分两辑的自选诗集中，还玩了个"花样"，所谓"短吁"，多为精短诗篇；所谓"长叹"，则选取篇幅较长的诗作。而且别出心裁地在每首诗的后面附上短吁与长叹的创作感言，作为旁白或注脚。如是，不论体量长短，所有呈现的文字，都落在诗集的精神架构中，并以此来构筑自己的诗歌空间和生命场域。

自信者，才有可能赢得他人的信任；自爱者，方有可能更好地施以爱心。把第一部诗集献给迈向特定时间节点的自己，看上去似是一种"自恋"，其实是一种典型的自爱。站在这样的角度来理解和欣赏陈忠坤诗歌，可谓别有一番滋味漾心头。当然这样说，并非是指其诗有多么的好，抑或说达到何种高度，但不得不承认，他的某些诗，确实能给人带来别样的感动和回味。比如开篇第一首《致保莲》：

假如五十年以后
我们都老了

老得咬不动东西，牙龈咀嚼牙龈
老得只剩下粗裂的呼吸的声音
老得只能扛起一把粗重的锄头
像静坐的一湖绿水蹒跚蠕动着身影
我还是愿意和你一起
坐在长草的田垄上
看那模糊的太阳黯淡轮回
看寂寥的夜空，和孩子一样做一个星夜的梦
听一阵阵细风
平静地从我们耳边吹过

全诗仅12行，看似寻常，实则意韵悠长。诗人在致爱妻时，满怀温情地想到五十年以后，如同想到诗与远方。同时从个人的生命感觉出发，以从容而淡定的心境，用贴心而舒缓的语气，倾诉出自己的心声。因此，无论这部诗集是作为感叹岁月的诗意呈现，还是当成青春时代的一种特殊纪念方式，都可视为当代人的精神生活写照。

其一，作为呼唤爱和亲情的诗性书写。从广义上说，一切好的诗歌都是爱情诗。爱与情，其实是诗歌不可或缺的两大重要元素。任你技巧多么高超，缺乏这两者就味同嚼蜡，既感动不了自己，更无法感动读者。认真地说，没有爱情滋润的青春是枯燥的、乏味的，甚至是悲哀的。正因为如此，中外许多优秀诗人最初的写作都是从爱情诗开始的。忠坤似乎尤擅此道，其诗毫不例外得益于爱的润泽，因而爱情诗在这部自选诗集里占有相当的比重。或许拥有爱，便拥有丰盈的感觉，拥有一颗敏感之心，也拥有一条通向灵魂出口的隧道，且时常激发诗人的灵感和内在性情。通览其诗，发现他写得最具才情和最有味道的当推爱情诗。譬如，那首长达近百行的《七日》，便是具有说服力的明证。此诗共分七小节，自始至终贯穿交织着各种不同滋味的缱绻之爱与情愫。诗人极尽想象，充分调动语词的能量，把复杂而难言之爱淋漓尽致地释放施展出来，美得如此辛苦的浪漫之爱，宛若"一阙一阙的流水撞石，然后为你吟唱"。而演绎之过程，则如九曲回肠，五味杂陈。既在感知爱中学会爱，又在体验爱中懂得爱；既以痛苦之爱证明爱，又在反思爱时领悟爱。难怪乎此诗曾赢得诗坛泰斗谢冕先生的青睐，并做出点评：

　　上帝创造七日轮回，是死亡以及爱情的轮回，从诗歌里我们不止看到浓缩在七日里的爱情，还有天地日月江河海川，还有弥漫在天堂气氛中的浪漫的悲情。从一日一日的描述里，选述的要素简单而直接，营造出一种渴望表白的效果。这是此首诗歌的精彩部分。

此外，从《告白》《叮嘱》《等我们老了》等小诗中则可看出，诗歌似已成为诗人在特别时刻歌咏情感、表达爱与期待的传递载体，"你睁开迷人明眸，我紧握你的手/于丛林，我们与紫蝴蝶共舞/与花鸟共舞"（《爱情神话》）。

同样的，忠坤写故乡亲情，尤其是写父母双亲，无不饱含真情实感。《母训》中朴素而动人的刻画和发自内心的拳拳之情；《黑白》里记录母亲与父亲温暖而有趣的对话，既源自生活，又抒写了对生活的观察和感悟。"有父母在的地方，就是家"（《回家》），依稀可见诗人远离故土之后，行囊里一直带着挥之不去的记忆和乡愁走在路上。

其二，作为记录青春年华的心灵档案。是否可以这样说，有没有诗歌陪伴的时光，青春的生命质量可能有如云泥之别。毋庸讳言，青春因诗歌而多姿而浪漫而亮彩，甚至会留下刻骨铭心的珍贵记忆。进一步说，诗应是诗人精神历程的呈现，也是诗人心灵密码的外化。在《风也亭》里诗人写道：

这是滋长梦的地方
鲜花、翠林、野草、诗歌

序
♥

风也亭　明天
我决意去攀山海林
直至抵达你的亭顶
鹤舞长天

风也亭与鹤舞长天，作为作者大学时代母校的建筑性标志
和校歌歌名，经由诗人的巧思妙运，成为两个特别的诗性
符号，不仅承载着大学期间的追忆与梦想，而且成为见证
诗人用诗歌记录心灵的文本。同样的，青春总是与寻梦和
逐梦相勾连，但没有独特的情感体验，并经由心灵的过滤
就难以发出本真的声音。"梦醒了，我依然为你执笔／
叩碎心灵，满眼泪花／写下了一字一行"（《昨夜，我
梦到给一个男孩写诗》）。长诗《城》《沉睡吧，我的
诗》《百年孤坟》尽管多以直抒胸臆见长，但激情的宣泄
中不乏凝重和深沉。诗人通过自我的言说方式，以慨叹以
深情挽留了生命的尊严，如同灵魂的自我张扬。

我轻轻地，凝重而忧郁
在浩瀚的文字里搜寻，摸索，深陷
忘了方向呵
好多音符在我耳边吟唱
我要沉睡了

月夜，星空，虫鸣，萤火虫的躁动

——《沉睡吧，我的诗》

作者善用真挚的表白，把青春期的感叹与沉思在现实生活中加以放大，或进行人生意义的探索，或对生命本身作出思量，让有过相似经历的人在心头引发共情之感。诚然，诗人在观照青春的同时，也律动出对生命的热爱，"我要让沙滩、椰子树、鹅蛋石/让整个宇宙/笑成漫天霞光"（《晨》）。是的，纵使身心疲惫，因为年轻，必须重新出发。直面漫漫人生之路，与其说这是作者把自己对于现实的短吁长叹存入到诗句之间，毋宁说是诗人提交了一份存录着当代人青春岁月的心灵档案。

其三，作为见证生存境遇的寄意方式。文字的力量是巨大而又惊人的，那些白纸黑字留存的经典文本，大多是各个不同历史时期人类生存状态的生动见证。记得大诗人米沃什在《诗的见证》里如是说，不是因为我们见证诗歌，而是因为诗歌见证我们。此话并非老生常谈，其实关于文学的一个基本问题，即提醒人们关注作为具有古老传统的诗歌。据此笔者曾多次提及，不是诗歌需要我们，而是我们（人类）需要诗歌。尽管在俗世生活中，诗歌承担的角色因人或者因时而异，不尽相同。陈忠坤诗歌作为个

序

人表情寄意的存在方式，本身就是自身生存状态或生命形态的一种心灵见证。"绕过岩石，你把根深深插入土地/咬住岩石，你把茎高高展向天际"（《不老榕》）；"走千滩，转万湾/一生　只为觅一处悬崖"（《瀑布》）；"只等来自世纪的旋风/再次把我销蚀　雕饰"（《蘑菇石》），等等，看似状物，实则是显示了个体认知中的丰富情思，在景物中感受和领悟生命，从而印证作者内心与事物与世界的交流和呼应，强调了对存在状态的关注。"一不小心/又在纸上写出你的名字/一笔一画，工整如初"（《名字》），爱与恨只在一纸间，这是一种情感生活状态的见证；"跋千山涉万水/我只想用一艘小船/将岁月在波澜中丈量"（《标尺》），这是对人生状态的另一种见证；"老师，老师，等我们长大了，那坟还在吗？"（《百年孤坟》），孩子如此天真的发问，那是对社会历史的见证。此类诗作大多是在诗人主体意识笼罩下的精神还原，因而个体的体察及境遇，或多或少在诗中得到不同程度的保留。

　　行文至此，意犹未尽。当作者把这部自选诗集看成是自己青春时代的总结性作品时，作为朋友，窃以为，这应属于一个新的写作开端。因为，陈忠坤写作上结出诗歌芬芳的果实，我在为之庆幸之际，也看到其诗作存在某些

"未完成性"。从更高的期待上审视，如何在思想视野上拓展出更开阔的格局，在写作中更理想地打开个性化的斑斓翅膀，让诗歌语言彰显出更具文学性的活力，不错过纯粹、简约、弹性、圆满等美学元素。如是，诗歌的艺术性和生命力方能以独具风采的诗人面孔，清晰而立体地加以呈现。

　　是为序。

庄伟杰

2022年冬日急就于泉石堂

庄伟杰

　　闽南人，旅居澳洲，诗人作家、评论家，复旦大学文学博士后。现为山东大学诗学研究中心特聘研究员、《中文学刊》社长总编；归国后历任华侨大学教授、研究生导师，暨南大学兼职研究员；系澳洲华文诗人笔会会长、中外散文诗学会副主席。他曾获第十三届"冰心奖"理论贡献奖、中国诗人25周年优秀诗评家奖、第三届中国当代诗歌批评奖、中国当代诗人杰出贡献金奖、首届国际华文诗歌奖等多项文艺奖，其作品、论文及书法等入选三百余种重要版本或年度选本，有诗作编入《世界华文文学经典欣赏》等大学教材，出版专著20部，发表400多篇学术论文及文艺评论。他曾举办大型个人书法艺术展并引起反响，书法被海内外各界所收藏，《海外华文文学史》等有专门评介。

诗歌的主体与个体：

陈忠坤诗歌自选集《短吁长叹》序

[新加坡] 游以飘

每一部作品的主体，都必须经过作者的细心考虑，然后选择与确定。从主体的设定、题旨的酝酿、语句的经营到形式的铺陈，均形塑了作品主题最后的完成维度，决定了艺术的水平高低。

作为个体身份的作者，与其作品标识的主体，两者之间存在各种各样微妙的关系。成熟的作者，都会在个体与主体之间，掌握适当的距离，达到稳定的互动。

陈忠坤的诗歌自选集《短吁长叹》，揭示了诗人的高度自觉，他知道如何在每一首作品中确立个体的发声位置，或回应主体而诉说，或围绕主体而书写。

这本诗集，分为两辑，显示了诗人两种不同的写作策略，两种相异的艺术追求。第一辑为"短吁"，包含了

序

三十首短诗；第二辑为"长叹"，收录了十首长诗。四十首自选诗歌，呼应诗人"献给四十岁的自己"。

美国诗人罗伯特·弗罗斯特曾经主张"语境、意义、主题"的结合与对照，朝向诗歌的多元与多样。罗伯特·弗罗斯特的作品擅长运用日常事务表达深刻的哲理，他书写的主体是具体的，所以大多数读者都能接受，并且借此碰触到作品背后抽象的概念。

而这本诗集的第一辑"短吁"，书写对象都是陈忠坤的亲人以及他所经历的事物。诗中蕴含饱满的感情，抒情风格真诚自然，毫不矫揉造作。每一首诗的尾端，又配上类似注释的"吁语"，让读者进入诗的语境。

根据"吁语"解读，《致保莲》这首诗作是他在婚礼上答谢亲朋时朗诵的，表达他要与妻子执手到老的决心。诗句充满深情：

> 假如五十年以后
> 我们都老了
> 老得咬不动东西，牙龈咀嚼牙龈
> 老得只剩下粗裂的呼吸的声音
> 老得只能扛起一把粗重的锄头
> 像静坐的一湖绿水蹒跚蠕动着身影
> 我还是愿意和你一起……

在《爱的圆》中，陈忠坤换了表达的语言，采用大人与小孩对话的口气，天真烂漫：

爸爸，你为什么
和妈妈结婚呢
哦，姑娘！
爸爸是一个圆
妈妈也是一个圆
有一天，这两个圆在地上滚
滚着滚着，嘭一声
两个圆撞一起，变成一个圆
这样，爸爸妈妈就结婚了

陈忠坤自2008年开始定居厦门，他的故乡在美丽的古雷半岛。绵长的海岸线，柔软的海滩，奔涌的海浪，飞翔的海鸟，这里的人与物，都是他童年抹不去的回忆。奈何，2015年古雷整岛征迁，他目睹故乡化为废墟。面对已然废弃的景观，他知道从此再也没有故乡可返，于是写下惆怅的《邂逅》，句句滴泪：

不愿相见
却遇见
唯有泪成行

序

♥

13

欲语还休，欲语还休
从此再见，永不再见
要见心头见
唯有泪千行

美国诗人丹尼尔·布朗在他的诗论专著《诗歌的个体》中，探讨了诗人个体如何在诗歌里处理主体。他认为，主体的呈现方式可以分为三种：表达意义、唤起记忆或感情、构建言说。

可以说，这本诗集的第一辑"短吁"里的诗歌，大多是陈忠坤在召唤跟其个人有关的感情与记忆，同时表达其对事物的认知。而第二辑"长叹"，则展示了陈忠坤作为个体回应更大的语境，他尝试通过诗的语言，围绕某些特定的主体，铺展具有特别视角的言说，进行某种主题的论述。跟第一辑"短吁"的"吁语"形式一样，第二辑"长叹"里，他依然在每一首诗的后面附有"叹语"，以作补充解释。

《七日》是一首论述恢宏的诗，陈忠坤借由上帝七日创造世界的典故，融合希腊与中国的神话元素，探索爱情的渴慕、追求、消失，但也折射出宇宙万物的规律。整首诗分成七部分，结构完整，表现力强，如诗中的第七部分：

第七日的爱情是一张微薄的纸
写上了记忆的惨红也在一具火焰中消失
第七日是爱，是陌生，陌生就是升华了的爱情
在静夜里用无眠的双眼也望不穿暗夜
到底是谁总是喜欢在夜半沉痛地敲打古老的钟，声声回响
我从此消失从此不再出现在你前面
紫檀的琴声和着溪水和小鸟斗唱……

《沉睡吧，我的诗》是一首元诗。陈忠坤在这首诗当中，思考诗的创作、词语、意象，呈现了其作为诗人的姿态：

提一把酒壶
我　望尽苍穹
路漫漫兮
何为归宿
喊一句我是太阳
我成了尼采
在夜空，我便挡住了星光

其实，第二辑"长叹"里的许多诗，让我们想到奥地利诗人里尔克的诗句："一颗小小的种子，你睡眠在微小与广大之中。"这来自里尔克《时辰之书》的句子，无疑

也是陈忠坤沉思、思索诗作如何在卑微与宏大之间取得自己的言说。

比如，《百年孤坟》场景设在学校的课堂里，通过给学生的讲课，讨论诚实与善良的意义，难得的是，陈忠坤将之处理为一首诗的形式，也就是本序文前面提到的诗的言说方式。《百年孤坟》里面的诗句，是哲理性的语言：

> 今天，尽管我们都已经变得多么伪善
> 孩子纯净的心湖，更应永远碧绿着
> 孩子啊，纯洁与高尚永远属于年轻的心
> 孩子们都没有说话，只用水灵灵的眼睛
> 注视着我眼睛，似乎从我的眼睛里
> 他们已经看到了那座百年孤坟

说到诗歌的主体，丹尼尔·布朗作出了这样的判断："I am betting that my poems are best left only as their own devices, that if I have at least a modest say in mapping their path, they have a better chance of delivering on the subject's potential."（我敢肯定地说，我的诗最好任由它选择自己的方式，在给诗歌寻找途径这件事上，我的决定力度不算很大，这样诗歌会有更多的机会，传达主体的潜能。）

陈忠坤以这本《短吁长叹》，献给四十岁的自己。我觉得，这是他给自己的一份很好的礼物，因为从中得见他的诗艺有成，并且他在个体与主体之间的关系、把握的力度刚刚好，也让作品有了诗该有的格式、气质。

　　祝贺《短吁长叹》的出版，也祝愿陈忠坤以后有更大的收获。

<!-- signature -->

2022年11月8日

游以飘

本名游俊豪(Yow Cheun Hoe)，1970年出生于马来西亚霹雳金宝，新加坡国立大学东亚研究所博士(2002)，任教于新加坡南洋理工大学，担任华裔馆馆长、中华语言文化中心主任；出版诗集《流线》（新加坡：光触媒，2016）、《象形》（南京：江苏凤凰文艺出版社，2020）、《记号》（桂林：广西师范大学出版社，2021）、《海马体》（与黄广青合集）（新加坡：光触媒，2021），与友人出版散文合集《十五星图》(1995)。他于2016年创立"南洋诗社""南洋诗会"，曾获重要文学奖包括花踪文学奖新诗首奖（1995，1997）、新加坡金笔奖等，《流线》获《联合早报》2016年书选，《边境（外二首）》获2020年《广西文学》年度优秀诗歌作品奖。其作品发表于《联合早报》（新加坡）、《星洲日报》（马来西亚）、《南洋商报》（马来西亚）、《蕉风》（马来西亚）、《半岛诗刊》（中国）、《北回归线》（中国）、《草堂》（中国）、《飞地》（中国）、《广西文学》（中国）、《汉诗》（中国）、《红豆》（中国）、《诗歌月刊》（中国）、《扬子江诗刊》（中国）、《中西诗歌》（中国）等，有作品收录于《新国风：新加坡华文现代诗选》(2018)、《华文文学百年选：马华卷贰（小说、新诗）》(2019)、《文字现象：联合早报〈文艺城〉文选》(2015，2016，2017，2018，2020)等。他曾担任南洋华文文学奖评审主席（2014，2016，2018，2020）、第27届柔刚诗歌奖（2019）终审评委会委员。

目录

吁者——
叹气也，
疑怪也，
短而即止，
方显其状……

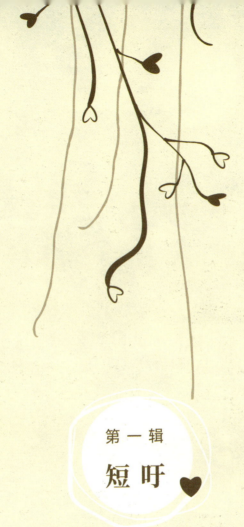

第一辑

短吁 ♥

愿子长寿

致保莲

假如五十年以后

我们都老了

老得咬不动东西，牙龈咀嚼牙龈

老得只剩下粗裂的呼吸的声音

老得只能扛起一把粗重的锄头

像静坐的一湖绿水蹒跚蠕动着身影

我还是愿意和你一起

坐在长草的田垄上

看那模糊的太阳黯淡轮回

看寂寥的夜空，和孩子一样做一个星夜的梦

听一阵阵细风

平静地从我们耳边吹过

吁语

　　吾妻保莲，与吾于2010年10月10日携手。次年4月2日，我们于厦门举办婚礼答谢亲朋，并于开场朗诵此诗，表达与妻执手到老之宣言。创作此诗时已过恋爱期，因此心境有如"听风吹过"。

等我们老了

等我们老了
就回乡酿米酒
你要美美地当米酒西施
添柴火，注意火候
我负责你不做的任何
再负责美美地喝

很多次，常萌生与妻"牛耕女织"的想法。有一次，我们在一户农村的酿酒人家，体验了原始的烧柴酿酒，也掸落了一身从城市带回的疲倦。

♥
牛仔长袋

叮嘱

要记得带回儿童口罩
带回她们的外套
冰箱里的胡萝卜太久了
不带回会坏掉
你胃不好，记得去买些酸奶
对了，不要忘记去抓中药

吁语

　　这首小诗，取自吾妻的一次电话叮嘱，叮嘱中，她关心丈夫、关心孩子，关心粮食、关心健康，言语平实无华，但却饱含真情。

告白

要说我有多爱你
请问问我们每日呼吸的甜蜜的空气
请问问窗外欢快的鸟语
请问问春来百花妍

草木静美，花开春暖
我要你关心世间的一切美好
关心清晨的一缕缕阳光
要你关心家人，关心亲友
关心身体
关心我们彼此有趣的灵魂

我要你陪我变老
只要活着，一切才重要
终有一天，我若先走了
你要保证比我晚一天，保证不悲伤
此生无憾，我们享受了一世圆满
享受终老，从未迷失方向

吁语

　　波涛汹涌，终归平静，平静的生活，无非是关心粮食蔬菜，关心身体健康，关心亲朋好友。世间很美好，莫忘关心自己，感受阳光空气，享受鸟语花香。

月的错

你说月是圆的
我说它弯弯像条船
为此我们吵了架

你说月是缺的
我说它圆圆像个圈
我们又吵了架

♥ 抬手长笑

月圆了，你说它缺
我说真是圆得不完美
月缺了，你偏说它圆
我说真是不完美的圆
我们不吵了

我想，这一切一定是月的错
它怎不学学太阳
一辈子圆圆的样子

吁语

　　如果月的错，能成为美好的借口，我相信所
有朴实无华的爱情，都能长久。

名字

一不小心
又在纸上写出你的名字
一笔一画，工整如初
这着实让我大吃一惊
我们之间的厌恨已经很深了
可念想，常常不经意间流露
我虽有一颗钢铁般的心
倘若你真心爱我，就别装成我一样
对我喊一声
我柔软的心会瞬间融化

吁语

　　爱与恨一纸间，若有真心，何不敞开心扉大
声表达。

有個圓
　　變成一個圓
　　挂一起

爱的圆

爸爸，你为什么
和妈妈结婚呢
哦，姑娘！
爸爸是一个圆
妈妈也是一个圆
有一天，这两个圆在地上滚
滚着滚着，嘭一声
两个圆撞一起，变成一个圆
这样，爸爸妈妈就结婚了

吁语

　　世界在孩子的眼里是纯真无邪的，经历太多
风雨的我们，依然需要童心未泯。

换个名

黑夜太幽深
我要给黑夜换个名
叫它接晨
冬天彻骨寒
我要给冬天换个名
叫它接春
我们的爱情太平凡
我要给爱情也换个名
叫它——新生
孩子，你们就是爱的定义

吁语

　　因为新生，我们看到了晨曦，看到温暖，看到爱情。

♥
把千長笑

邂逅

不愿相见

却遇见

唯有泪成行

欲语还休，欲语还休

从此再见，永不再见

要见心头见

唯有泪千行

吁语

  2015年，我的故乡古雷整体征迁，数月之内，这座美丽的小岛，成了废墟。我曾梦想，有朝一日，劳有所成，定衣锦还乡。无奈的是，在我刚过而立的年纪，故乡已是残砖断瓦，归乡唯有涕零。

第一辑　短吁

❤
提
早
长
笑

无题

海。
夕阳。废墟。
爱。
背影。希望。

那一日，站在故乡辽阔的海边，身后一片废墟，夕阳西下，眼前的海浪轻抚沙滩，几个挖贝壳的孩子走过，留下了修长的背影。此刻，我似乎看到了希望。

第一辑 短吁

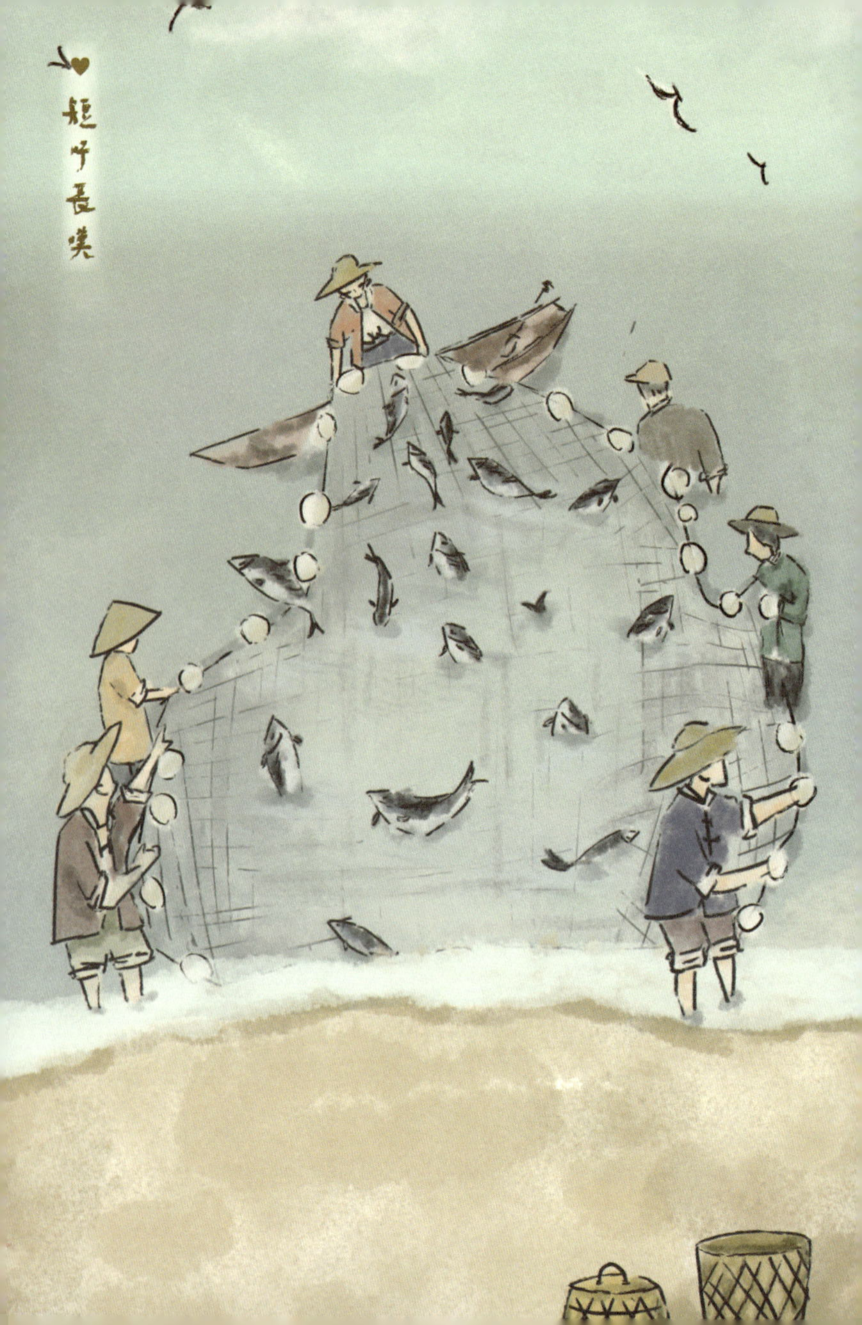
短吁長嘆

黑白

母亲说，我出生那会儿

一层薄膜把我紧紧罩住

薄膜里的我，白得水灵

长大后我成了海的孩子

咸湿的海风，灼热的烈日

塑造了我和父亲一样黝黑的肌肤

这与渔民一样的肌肤，我自豪无比

我的童年，便是与乡亲们一道拉起纤绳

甚至用弱小的身躯扛起网纲，扛起渔家人的生活

然而，父亲却说，你不该是海的孩子
即使你不惧风浪，即使你也黑得通透
你都应该，努力走出这块贫瘠的土地
从此，我作别阳光、沙滩、海浪、仙人掌
含着泪，背起重重的行囊远离故乡
忘了多少次摔得遍体鳞伤
也不懈奔跑，终融入喧嚣城市的车水马龙
为了白，我常常酝酿一整个冬季
只是一个夏日，我又回到黑的原点

吁语

　　"黑"与"白"的轮换，"乡村"与"城市"的轮转，我们常常迷失了方向，不知哪里才是心灵的归宿。也许，无关风月，无关对错，再长的路，终是轮回！

不老榕

也许，要感谢那只不期而过的鸟
也许，要感谢一场无意刮来的风
总之，你作为一粒种子，因缘旅行到这里
岩石顶甚是荒凉，杂草不生
但你别无选择，只能仰望天空
阳光曝晒，你学着休养生息
雨露霜降，你学着积蓄能量
终一日，你长出根，吐出芽

再几经岁月，你顽强如初
绕过岩石，你把根深深插入土地
咬住岩石，你把茎高高展向天际
于是岁月几经流转，人世几度蹉跎
你只长你的根，吐你的叶
直至一日，你终怀抱大石
屹立成一棵豪迈的不老榕

吁语

　　不老榕长于巨石之上，历经风吹日晒、寒霜雨露，顽强的根绕过岩石插入土地，用满树繁盛绽放生命。

♥
蛀牙爱笑

等

那一湾清澈的秋水

溢满了忧愁与焦虑

回眸中你婀娜的身姿

怀着憧憬在忧郁中徘徊

那写满了盼望的裙角

在风中轻柔地飘动

只因那一阕久久等待的期望

你把脚踮得很高很高……

吁语

　　清晨一位踮脚等待的女孩，其回眸展望的瞬间，却萌生了我无限的诗意。小诗作于2002年夏天，那时我刚上高二，初学作诗时懵懵懂懂，写完反复吟诵不下上千遍。这也是我人生中创作的第一首现代诗，至今已二十年整。

第一辑　短吁

秋

说好的，即日开始
趁秋未尽，我们携手
去踏足常常梦萦的乡野
拣拾石缝间、田野间、破厝里的秋
最好偶遇几张熟悉抑或陌生的脸
无奈，尚未整装
秋雨一阵，灭了一时兴起
那就下次吧，说好的
秋过了，春就来了
我们可以等下一个秋

吁语

　　我们说好要做的好多好多的事，却常常错过，而且都能找到完美的借口。

短吁長嘆

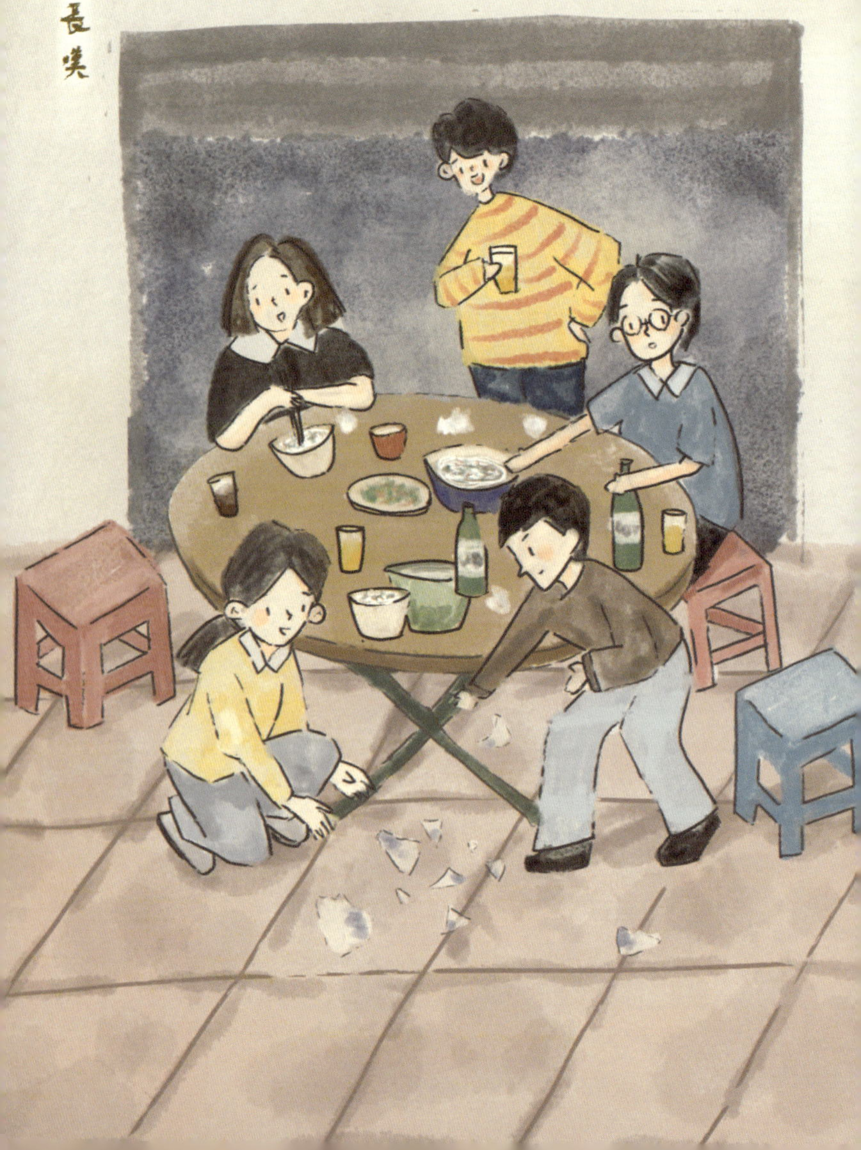

与友聚

昨晚
和多年未见的朋友
去吃面餐
却不小心
摔掉了一个碗
往事撒落一地
我们匆匆收拾

吁语

　　撒落一地的往事，是青春年少最美的追忆。

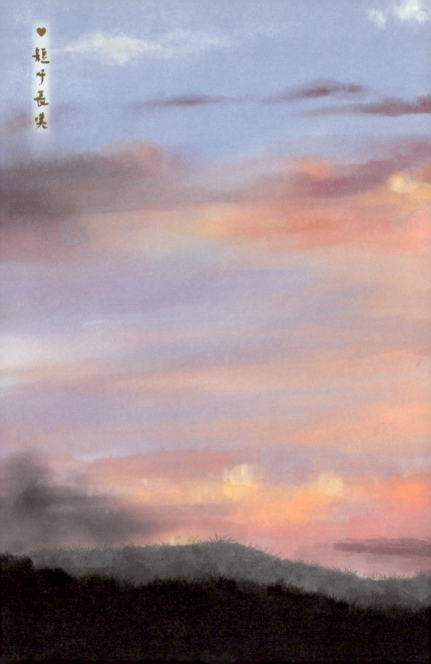

暮

是谁刺痛夕阳
盈溢的血迹
滴滴浊泪
化作一道残红
布满黯淡的天幕

吁语

  暮色降临，晚霞如血。有些人看到美，有些
人看到伤。

落日

日头舍不得离去

努力挣扎挂在西山

地球转了转

几丝云飘过

把它割得残碎

日头哭了

血红溅了半边天

唉，还不如早点落山

让云儿找不着

任你云儿，成了夜的黑

没人找着

吁语

　　若无落日余晖，云儿也无彩色霓裳。怪只怪，落日太爱云儿，舍不得离去。

十五的月

是谁
给月亮插上翅膀
孩子说，是她
嫦娥姐姐带她一起飞
她看到了玉兔
我想，也许是我
岁月匆匆，是责任与负重
让我们幻想逃离

吁语

那一年的中秋，圆月悬空中，月晕呈翅膀状。举头望月，孩子看到了嫦娥玉兔，我却看到了责任负重。

桥

好想，给每一座山
给每一条河
都搭一座桥

好想，给我的心
和你的心
给每个彼此相爱的心
都搭一座桥

好想，好想……

吁语

　　桥能连接山与山，能连接岸与岸，但心与心，岂是一座桥可以连接？

仰天长笑

劝

若为浪
你撕裂整片海
日夜悲号
我劝你，海水啊
你何不作细水长流
每一处沙滩都是画板
只要耐心描摹
就能绘出精彩的生活画卷

吁语

　　汹涌的海水化作巨浪，把海撕得粉碎，显得悲壮豪迈；而我却独爱沙滩上的细水长流，它把自己当成画笔，描摹着生活的精彩。

风也亭

这是滋长梦的地方

鲜花、翠林、野草、诗歌

风也亭　明天

我决意去攀山涉林

直至抵达你的亭顶

鹤舞长天

吁语

　　风雨亭是我的母校怀化学院的标志性建筑，
《鹤舞长天》是母校的校歌。不管是风雨亭，还
是《鹤舞长天》，都承载着我大学时期的追忆与
梦想。自本诗起，后面所选的小诗，当年均载
于《怀化学院报》副刊，后来部分选登于《闽南
风》杂志。

第
一
辑

短
吁

♥
起
于
長
笑

秋千

任一脉相思绳
静廖于苍莽穹宇
守候　何时
你宛作清风一缕
将我金色的梦呢喃

吁语

　　静廖的天地中，秋千在等有梦的人。

第
一
辑

短
吁

瀑布

走千滩　转万湾
一生　只为觅一处悬崖
一泻　求只求
为你歌一阕流水击石
求只求
让奔波的生命落碎
为你绽一朵绚彩的水莲花

　　流水一路歌唱，只为觅得悬崖，瀑布是流水
的生命绽放。

膝下長笑

母训

那拧皱的老脸

一日一沟壑

岁月呵

又把白发蹉跎

多少次愁煞肚肠

残言碎语

叨破唇齿

图只图

你一世一生的安然

吁语

如果说生命是一个奇迹，母爱就是创造这个奇迹的伟大神话。

根

今日
袭一身雍容
我将捎上一片春翠
用满树繁盛诠释青春
哪怕来日只作枯叶
随风飘零
也忘不了
你那日益蜷曲臃肿的
苍老的根

吁语

　　繁盛枝叶不是为了炫耀，而是对根无私奉献
的感念。

♥ 短吁長嘆

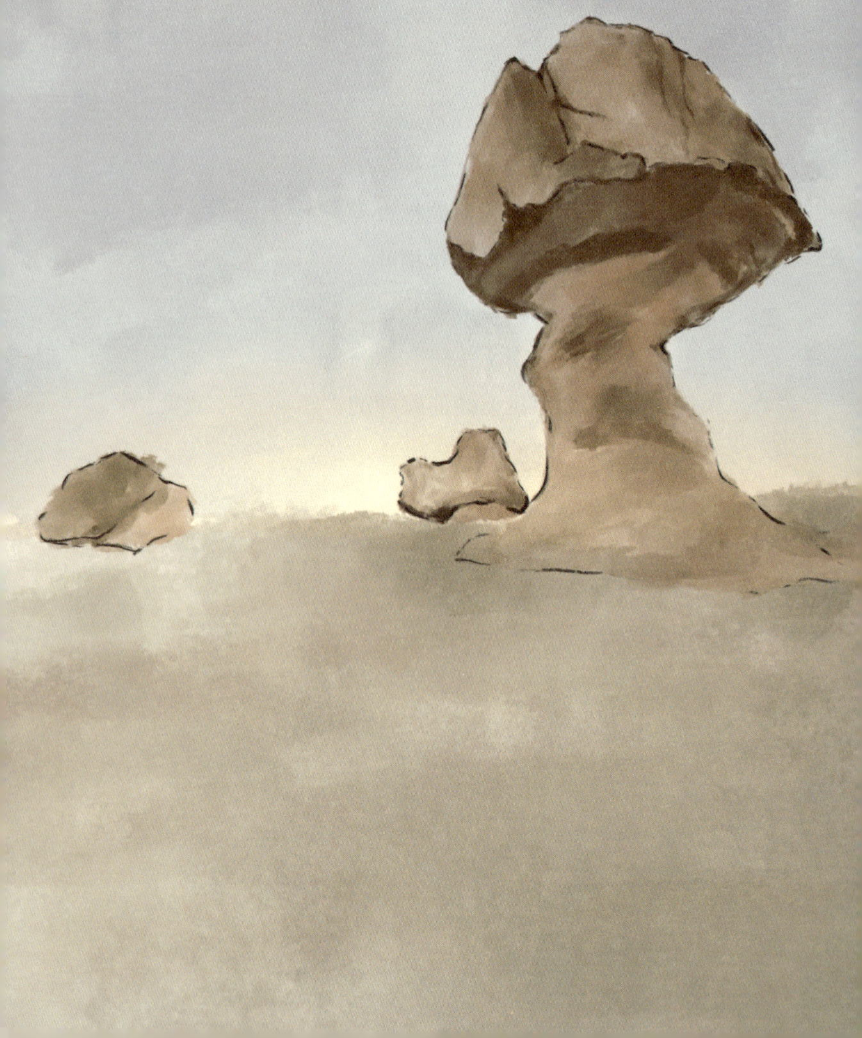

蘑菇石

三百六十五日
夜夜寒霜
日日雨袭日曝
我是一尊傲立崖角壮美的
蘑菇石
我只呼唤骤雨
只等来自世纪的旋风
再次将我销蚀　雕饰

吁语

　　寒霜、雨袭、日曝不是苦难，正是它们的磨
炼，才有美丽的蘑菇石。

雕阁

我只是一丝朽木
死亡　只为祈求千年轮换
今生，枝枝叶叶任你斧凿
唯愿我残败的年轮
能嵌入你一幢
又一幢雄浑的雕阁

吁语

　　这里的雕阁，指的是苗家人木制的吊脚楼。在湖南怀化求学的日子里，我常踏足苗家水乡，也常常感慨于那一幢幢雄浑的雕阁。

第一辑　短吁

水城

记忆里的水城

是一丝丝没有年轮的木阁

悠悠的天

浅浅的滩

淡淡的水

串起的一湾潺潺的清澈

吁语

　　苗家人的吊脚楼，历来依山傍水。而那里的
天，那里的滩，那里的水，跟那里的人一样，都
很清澈。

♥
短平长笑

晨

昨夜　我落了一晚的泪
不是寒霜
当晨曦撒亮漫长幽夜
我是新生，我即是太阳
爱——融入微澜
我要让沙滩、椰子树、鹅卵石
让整个宇宙
笑成漫天霞光

吁语

　　晨曦撒亮，正是我们整装出发的时刻，纵使泪了一夜，也要笑着迎接每一天。

标尺

小时候
母亲总用标尺将我比量
盼我快点长大
如今　长大了
跋千山涉万水
我只想用一艘小船
将岁月在波澜中丈量

吁语

　　每一段距离，每一段人生，都有衡量的标尺。标尺可以不断更换，人生的路需要我们勇敢地朝前走。

叹者——
叹息也，
吟诵也，
长且饱满，
更抒其情……

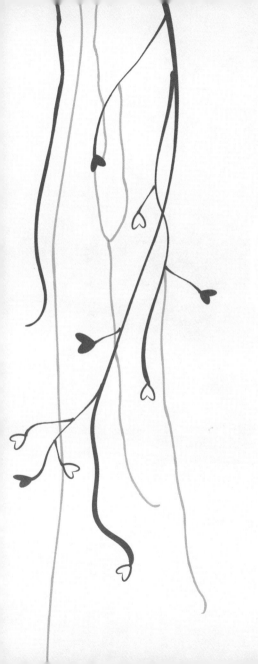

第 二 辑

长 叹

♥
龙
吟
长
笑

七日

（一）

第一日的你是美丽的天使是善良的女神

我是平静的湖你就是漾起我波心的荷

爱的女神把爱神之箭射穿我的胸脯射穿我的灵魂

从此，魂灵脱离了那负累的躯壳肆无惧惮

我化成风化成雨化成无边的月亮之光，女神之光

你似月光一样缥缈一样暧昧一样让我溶解

我说爱你就得让你成为西飞的云筝成为空中的云

成为娇艳的花丛中翩翩起舞的蝶

你若是一朵玫瑰我就是那花茎上的刺

用我的全部用我的魂灵用我的生命为你建造一座牢固的墙

把你护在里头不允许任何人将你触碰

第一日我死了我的爱开始燃烧

燃烧成熊熊烈火从此你不再怕夜

♥

（二）

第二日的你是神月亮形的马，是神马背上盛开的花

孤独的世纪将诞生一个伟大的诗人一首永恒的诗

一首永恒的情诗即将开始就要结束

女神把月亮之光撒下你从此娇美无瑕你从此自由

你像飘散的云不愿守住一方水土守住一片天空

我的信仰凝固成一滴水附于你的云背上

信仰死了我也要跟随你飘向任何方向任何地方

我的豪情似瀑布，柔情似水，满腔的激情

压抑成无边的戈壁，我要用戈壁要用戈壁

把你守在一座浩瀚的城

我的爱就像月亮之光女神之光撒在你的周围化成戈壁的石

沙漠就要来临大地即将成为废墟

你若是一朵玫瑰我就是那花茎上的刺

我将在沙砾中为你生长一片雨露一片阳光

（三）

第三日的爱是古希腊的神话，是南飞的鹊

我是一首永恒的诗我将用生命的全部为你谱曲

爱寂寞成孤星紫兰花凋零成爱的音符

蚂蚁尖叫着召唤夏日的蝉鸣

我在瀑布旁，用我洁净的灵魂为你捧护

一阕一阕的流水撞石，然后为你吟唱

如果爱一个人不能让一个人幸福只会让一个人痛苦

第三日的我将绽放成一朵昙花在盛开后即可凋零

融成大地之泥，化成一潭清水托付你的娇茎

你是一茎荷孤傲立于水上

第三日成了夕阳成了夕阳就意味我的第三日就要消失

消失就等于消亡就意味第三日将成为一片惨红挂在西边

我留不住光辉挡不住夕阳

♥
悲守長叹

（四）

第四日来了，是因为你乘上了风信子的翅膀

你要像夸父去逐日从此去远航去流浪

爱你就不能守着你就不能给你城墙

你要是西飞的云筝我便永远不是守着你的纤绳

我是一阵风一阵来自世纪的风要将它吹断也就可以让你自由

我柔情的爱不再似月亮之光只能选择黯淡

只能凝固成我心中漫无边际的愁蔓延蔓延……

第四日是狂欢之日，是自由之日，是爱的升华，爱从此
　　有了方向

可是第四日我不再为夕阳落泪，因为我已经心伤，肠断

我只能作为太阳在你的头上每日将你远远守候

无法企及的情感让我燃烧成一团火直至消失

我愿意就这样从此消失

（五）

我从此消失，不再出现在你的第五日

在暴风雨即将来临的时候，我就是那只蜻蜓

在雷声中嘶哑地叫

用自己的双翼护住那朵风雨中的玫瑰

第五日我并没有消失，我是世纪之伟大诗人

我在为你谱曲也在为你写一首永恒的诗

即使玫瑰花在我的泪落前已经枯萎

我愿意和童泯的溪水一起去数它的瓣

第五日的爱神之箭射穿我的胸脯也射穿我的灵魂

我的魂灵从此脱离躯壳化作清风一阵

吹过山谷吹过森林吹过春天也吹过冬天吹过你所在的

　　每个地方

你永远也感知不了因为我已经消失

但我的情感依然炙热没有消亡

（六）

第六日的爱是最幽圣的爱，是最纯上的爱

你若是一朵玫瑰我便是你花瓣下的叶

又绿又纯托付你的花盘

第六日是最痛苦的一日，夕阳的惨红注入了我的血液

我的热泪汇成海洋汇成女神之像屹立在前方

你的伤痛在我的心坎你的泪落在我的脸庞

我要离开因为我留不住光辉我挡不住夕阳

厮守着不可能的爱就像扯一条解不开结的布

我溶噬于夜的黑只敢用双眸守护一方宁静

信仰死了孔雀不再向东南而是向西北翩翩而去

我扯一帆船在巨浪中躲藏住身影从此随风浪消逝

你若是西飞的云筝我成了东飞的雁

（七）

第七日的爱情是一张微薄的纸

写上了记忆的惨红也在一团火焰中消失

第七日是爱，是陌生，陌生就是升华了的爱情

在静夜里用无眠的双眼也望不穿暗夜

到底是谁总是喜欢在夜半沉痛地敲打古老的钟，声声回响

我从此消失从此不再出现在你前面

紫檀的琴声和着溪水和小鸟斗唱

我想躲进一片幽林，找一间宁静的寺庙

让心灵获取一份清净只是想把你忘却

因为信仰已经死了，信仰不再，信仰已经死了

是醉人的酒，天天让我沉醉

只想用木鱼将岁月敲碎

不料敲醒了的沉痛的情感在七日之后

七日之后的每时，每刻，蔓延……

叹语

《七日》创作于我逐梦的大学时代，曾获
"2007中外华文诗歌联赛"入围奖，后以中英文
形式刊登于加拿大诗刊《北美枫》。2008年，该
诗作又被选登于《怀化文学》。

当时，作为联赛评委的谢冕教授曾作出评
价：上帝创造七日轮回，是死亡以及爱情的轮
回，从诗歌里我们不止看到浓缩在七日里的爱
情，还有天地日月江河海川，还有弥漫在天堂气
氛中的浪漫的悲情。从一日一日的描述里，选述
的要素简单而直接，营造出一种渴望表白的效
果。这是此首诗歌的精彩部分。

沉睡吧，我的诗

我轻轻地，凝重而忧郁
在浩瀚的文字里搜寻，摸索，深陷
忘了方向呵
好多音符在我耳边吟唱
我要沉睡了
月夜，星空，虫鸣，萤火虫的躁动

我要沉睡了
一湾细水从我梦畔涓涓滑过
低吟成古希腊的神话
是谁　说那干瘪的符号
淹没了宇宙，淹没了自由
是谁　说那枯燥的文字
窒息了灵性，窒息了生命的舞蹈
为何，我梦呓里总念叨的那句
面朝大海　春暖花开
流淌着永恒的轻柔

每一个温暖的字都是一首永恒的诗

念一首屈原呵　吟一首杜甫

蘸着泪与太白把盏

痛哭的鼻涕　凝固成历史

凝固成一轮空荡的月

遥望啊　故乡的云

怎就化成残阳

将豪情斩断成丝絮

片片飘零

提一把酒壶

我　望尽苍穹

路漫漫兮

何为归宿

喊一句我是太阳

我成了尼采

在夜空，我便挡住了星光

那黧黑的泥土　那质朴的文字

怎就蕴藏着无限的宇宙

蕴藏着历史　蕴藏着生命

刀光剑影　仁义卑劣　或泪或血
大江东去呵
不等我停留你便从我眼角逝去
唯留一片历史的废墟
在后世的书上让人慨叹惋惜

是谁把我写进诗里
是谁把我化成文字
是谁在那微薄的纸上让时光停留
渺小的我们呵
渺小的我们呵
为何在文学的殿堂前止步
沉睡吧
我将带你走进那份神秘　那份雍容
从此你可以认识我　也可以认识人类
从此你走进了文字也走进了自己

青青的草地沐浴着阳光

我在沉思

我是谁　我是谁

从东方到西方从远古到如今

问芸芸苍生

谁为圣　圣为谁

谁毁了文明　谁创造了文明

谁在超越时空　超越无限　超越自我

一纸红楼　满目辛酸

歌兮歌兮

年轻的我为何早已沧桑

年轻的我为何早已沧桑

呵　是我太执迷于你的古蕴

执迷于你檀木般的古色

我　我愿终生撑一支长篙

夜夜为你游荡

沉睡吧　我的诗

放歌吧　我的心

伟大的人类呵　浩瀚的宇宙

给我一个自由的灵魂吧

我将超越——

——超越时空

叹语

2009年，母校怀化学院中文系在当年的迎新晚会中，准备做一个诗歌朗诵的节目，安排我创作一首体现我们专业的诗歌。接到任务后，我顿感音符涌动，当天就创作完这首诗歌。后来，在晚会现场，我的两位优秀同窗，完美地诠释了该诗的意义，诗歌朗诵获得现场新生的热烈回应。据说，那之后几年，该诗的朗诵节目，也成了每届中文系迎新晚会的必备节目。

该诗后被选入各种诗刊，有编辑曾对此评价：文字张扬，富有激情和感染力。语势平仄，富有节奏感，读来朗朗于怀。诗有时是灵魂的自我宣扬，会带有某种夸张的想象，这种表达会有一气呵成的感觉，但本诗却不失深沉，给人一种积极的思考和意境。

颓乎
且
笑

回家

一夜梦到父母头发斑白，步履蹒跚
我用坚强的肩膀抗起，当他们的拐杖
一步一步踏在家乡那条不平的小路上，沉默无语
忽然忍不住抽泣
凌晨醒来眼角模糊
不由地害怕父母老去，害怕看到
看到他们日益佝偻的身躯
这些日子，经常地想家
想起家乡的蜻蜓、草地、牛马
想起家乡的地瓜、野菜、芦苇林
想起沙滩、海浪，还有风雨中的歌谣

长大了才知道回家
其实不仅是为了看一眼家乡那堵破墙角
而是为了寻找那些已逝去的记忆
和一起追逐的青春年华
年华啊，时间的潮水将你吞噬
我看到的父母，已经经受不起年少无知的我们
再一次的争吵

有父母在的地方，就是家
家，是父亲满头的白发
家，是母亲拧皱的老脸
家是美丽的天边
当你一次次走远
又一次次重新走进
你便会觉得
只有家最是温暖

回家真好，站在村口，还可以看到

昔日那个青涩的爱情

这些年来，我求学在外，一事无成

每次回家，还是两手空空，形单影只

而幼时的女玩伴，却成了他人妇，他人娘

叫一声爸爸妈妈，肩上的水不要再担那么重

别总闲不住，要知道岁月不饶人

看着他们颠簸的脚步

便回忆起小时候被拉到地里干活

一边挑着粪箕，一边放声大哭

那种委屈却成了今日最大的幸福

喜欢回家，重复奔走在这些熟悉潮湿的小路上

曾经在这里玩跳步，玩珠子，滚钢圈

玩到忘了吃饭的时间，任凭母亲在村口

拉长着喉咙像唱歌一样呼唤着名字

回家，最希望喝上的，是母亲煮的

那一碗碗地瓜粥，滚烫下肚

其他别无所求，只想当你们一辈子的儿子

叹语

大学毕业后，我只身来到厦门打拼，虽然走出那块贫瘠的土地，然而，城市里车水马龙，夹杂着尔虞我诈，想挤进去谈何容易，你得流血，你得流泪，你得学会酸甜苦辣都敢吃，你得学会艰难困苦都得咽。我已经无法记起，多少次对着厦门的海，放声大哭的样子；我已经无法记起，多少次醉倒在这座城市的街角，那种无助的样子……

几年的拼搏，我终于在厦门立了足，我找到了我的女人，然后，有了自己的房子，有了孩子，有了车子，有了事业，有了一小撮的票子，我算是挤进这座城市了。可是，挤进来又如何，每天清晨，叫醒你的不是梦想，而是责任，是压力，是你永远推卸不掉的压在身上的重担：房贷、车贷、事业、家庭、孩子教育……你像一个机器人一样，每天行尸走肉，因为你不想放弃已经拥有但又没有全部拥有的东西，你在努力想拥有这一切，但你选择用时间来偿还，每时每刻，你都在偿还！你已经没有闲暇时间回乡，你甚至忘却了家乡的模样，如果不是家中还有爸爸妈妈，还有亲戚朋友，你可能已经忘却了回乡的路！

然而，等到我想再见的时候，一切都晚了，晚了。人生没有等待，也没有如果。这个生我养我的家，因为整岛搬迁，一夜之间，便被夷为平地！家，从此消失在我的乡愁中！

屈原

战马嘶鸣——
撕破楚人心
铁军长驱入楚境
也不管汨罗江边
离骚之人血泪满胸

眼前楚土飞扬
更哪堪那颗
悄然燃烧的心
那楚王派出的使者啊
驱赶他出宫廷
却赶不走
秦军狼烟汹涌入楚境

満目疮痍　楚人泪

凄清到处，横七竖八楚人躯

远远的故土

顺着江流　传来

悲鸣

一声声地敲打着他

那痛苦受伤的心灵

试问汨罗江水

予果"善淫"兮

江水脉脉

怀抱大石

也不惜　蕙镶揽茝所

放射出的熠熠光芒

面对渔父，你叹一声——
"举世浑浊而我独清
众人皆醉而我独醒"
心已燃尽
世既浑浊
你要用汨罗江水
来保存自己的纯清

战马嘶鸣——
汨罗江边　传来
一声悲恻的落水声
你满身缤纷繁饰
一沉
只化作白浪花一朵
在水中迂回荡漾

江水滔滔流尽

是多少泪儿

将你重然筑满

才有　如今

潺潺水声　那水声

如今似乎还在呼唤

当年那九死未悔的楚士

——屈——原——

　　——屈——原——

叹语

　　屈原是著名的爱国诗人，是"楚辞"的创立者和代表作者，是中国浪漫主义文学的奠基人，被后人誉称"诗魂""中华诗祖""辞赋之祖"等。正因为他是诗人，我曾写过数篇赞誉屈原的散文，此诗便摘自其中一篇。

爱情神话

紫蝴蝶在丛林间翩翩
草木静长，和风微拂
你站立崖顶，一袭轻纱随风舞动
低声吟哦间
把世间万物都醉成静止

看你一眼，我早热潮涌动
在山这头，只为奔向你
涉险滩，蹚湍流
跨青山，攀峭岩
我一路奔走
直至抵达你的崖顶
你却莞尔转身，遁入丛林
我踏碎青石
却融化于你的一扭一频
绿叶纷飞，遮不住你的羞

我奔向你
草木虫鸟也为我让路
我奔向你
直至你无处可逃
我搂住你的腰，拥吻你
世间万物都醉成静止

一只莺偷窥
扰了我们绵长的梦
你睁开迷人眼眸，我紧握你的手
于丛林，我们与紫蝴蝶共舞
与花鸟共舞

你高声吟诵

醉了青山，醉了流水

从此，我们手握着手

奔腾在苍莽大地

我们攀峭岩，跨青山

我们蹚湍流，涉险滩

从此，我们一路奔走

一生奔走

因为一起，所以幸福

叹语

　　诗歌的创意，源自一部印度的爱情宣传片，具体的片名，我的记忆已无法搜寻。只是片中男女的演绎，让我对爱情更增敬意。因此，用文字加以记录，以平心中躁动。

第二辑　长叹

♥

狐子长笑

城

（一）

我用十年的日十年的夜十年里的

寒雨冰霜烈日严风

所流淌的血凝固的汗和每日里

残留于我红肿瞳孔的酸涩

来为你建造一座牢固的城

在高高的山之巅天之巅，与世隔绝

只容许洁净的月光将你窥视

只容许纯圣的微风将你触碰

而，每日里我只用我惨痛的失眠将你凝望

（二）

你说你是为了这个秋季的残红而生
你只是一撮黄土一缕飘散的清风
红尘滚滚演绎完一场悲剧而后便无声地消逝
你从来就不在乎你的容颜不在乎你高洁的灵魂
为何要屈身于这个喧嚣的尘世
让你雍容华贵的魂灵徘徊在这个不堪的岁月
一把辛酸一把泪
你图什么？

（三）

十年了，
当我从你弯曲的骨骼边走过
我就已经深深地恋上你那沧桑的皱纹
我不愿回忆那些曾经残留于脑际的幻影
你高洁的笑容早已凝固在墙壁一角
从此只等岁月的秋霜将它腐蚀
你该知道我在用毕生，用毕生的精力
十年啊
为你建造一座城
而后，用我的余生来为你守城

（四）

那红纱遮脸的夜晚你该已经
被那夜半待哺的孩子的哭声惊醒而遗忘
我们脆弱的承诺我们童稚的羞涩里绽放的花骨朵呵
是否早已枯萎在烈日的曝晒之下
我说过离开只因我在准备一场十年的征战
十年的血汗和泪水
只为守候你那曾经和我一样不羁的灵魂
而你却在我遥远的梦里以一计红纱
宣告我毕生的幻灭

（五）

我跪倒在城之脚山之脚

任凭星星任凭月亮任凭一切黑暗之光将我耻笑

我也只能号啕在夜之黑

那伟大的城啊

它是那般安详那般静寂只等待你的入住

只等你一人入住

而你呵

却太早屈服于你的尘俗

（六）

我无言甚至只能干号在十年的日十年的夜

十年里的寒雨冰霜烈日严风

你如此圣洁的肉体如此高尚的灵魂

本就不该在这喧嚣的尘世里

让年华与青春蹉跎成苍苍的白发

不该让污浊玷污你本就玉洁的心灵

你在秋风瑟瑟之中

俯倒在红尘之中

（七）

我只能用我无声的生命为你抽泣
化成一弘瀑布将自己迷失的肉体落碎
为你绽出生命的最后曲调
然后用我沾满血滴的双手
一砖一瓦将我十年建造的牢固的城，拆却
用十年的日十年的夜十年里的残留的泪
然后再用我干涸的身躯
将记忆和灵魂带走

（八）

也许当那伟大的只供你灵魂居住牢固的城

坍塌之后，记忆也会随它远逝

只是那揪心的痛啊，我本要和你

一起逃遁这繁琐的俗尘

然，我只能举起我已经枯干的双手

和我死去的灵魂

一起埋葬在城的残砖烂瓦下

（九）

你从此将我忘却

叹语

　　亲自毁掉自己的付出，那该是何等痛苦。该诗创意源自国内某个电视剧，由于时间较久，已无从忆起剧名。

昨夜，我梦到给一个男孩写诗

昨夜，我梦到给一个男孩写诗
那是个充满诗意的天
飘着几朵诗意的云
鲜花盛开，蝴蝶和孩子都在欢笑
我在赞美大地、蝴蝶和孩子

昨夜，我梦到给一个男孩写诗
孩子用灼热的眼珠直盯着我
似乎要燃尽我的表达
我在企图用我炙热的心向他
传递一种诗的东西
孩子从我眼前一把将蝴蝶抓住
一捏即死
我看到了蝴蝶和诗同时死亡

我看到粉碎的蝶翼从他稚嫩的指缝中
滑落　飘洒在这个诗意的日子
我想，有天我也许将化成一行枯燥的诗
或是那翩翩的蝶翼
只等待那沉痛的一次毁灭

昨夜，我梦到给一个男孩写诗
写完诗以后我泪流满面
我知道，当我醒来
蝴蝶和诗都已经死亡
再也没有人和我一起
失眠在那个汗水涔涔的夜晚
可是，我不想再昏醉了
梦醒了，我依然为你执笔
叩碎心灵，满眼泪花
写下一字一行

叹语

诗心不死，不容亵渎。

♥
起
于
長
矣

秋天深了，王在写诗

一片枯叶
凋零了整个秋
我在酷日下寻找黑夜
却在黑夜里苦盼黎明

爱的黑骏马呵
我们一起奔跑一生奔跑
蹚过幽河　蹚过丛林
也将幸福的花朵错过

野玫瑰啊

带刺的野玫瑰

请生在我的坟前

长在我的坟前

一把浊土

早已窒息了我的魂灵

我请求将你的刺

扎入我的血管

我要用我的血　用我鲜红的血

让你绽放一脸红艳

沉睡不比醉死痛快

秋已深了

我在期待一场严冬的大雪

将我掩埋

在一棵枯干的大树前

野鸟唧唧

我在为满地的落叶饮泣

♥

千年之前
我是沙漠里的一粒沙砾
千年轮回
我作一个衷于流浪的王子
皇宫不比废墟
我只为秋而生
为秋而死

咽一口苦咖啡
我将用我残喘的呼吸
写诗　而只有诗
才可以让我醉死
将我凋零的灵魂
埋葬

我希望

在深秋的凌晨

阳光不被凋零

我可以邂逅那个埋我的人

为你祝福

为我写诗

叹语

我的心中始终住着一个诗人。

第二辑　长叹

♥

清明

你说你要建一座罗德宇
从此让佛光，让湖光，让月光
让朝霞初上的红日之光凝聚于你的双眸
你死了，但佛从此诞生

你把家里用来维持生计的几亩豆荠所卖的
钱，一分不差地收入皮囊
你说你要背上你的信仰守护你的菩提，一走几年
不理妻，不理子
不理家里头发斑白的老母亲

佛啊，请赐予你无限的力量吧
请赐予你一颗普度众生的慈悲的心
你说，那木鱼让你本想宁静的心无法安宁
几年里，你总是依稀想起妻儿
依稀梦到老母亲踽踽的步履
你手持经卷，终于诵不出——
一字

你回到家中，孩子远远地叫着你爹
你说，那红眼儿快快滚远
孩子也就远远地离去
你忽然被强烈地震撼着：
妻子老了，儿子大了
老母亲啊，早已被一场癌症夺去了生命

墙是当日的墙，只是已经掉着石灰
潮湿的地板瘆得你的心发凉
你从此躲进书里，只求忘却木鱼的声响
可是，你说
你说在书里，你看到神明

只是，几年啊
几亩的豆荠地已经荒芜，杂草蔓长
你说，只要活着
就不会被打倒，可，回来几年了
几年了！你却无法将你的生活
走向一个平稳的轨道

后来，你做了一名赤脚医生
是因为你无法忍受自身病痛的缠扰，而后
你每天背上锄头
开始了苦难的日子，开垦着苦难的日子
只是，你还一样挂念着你的那座罗德宇
你说，侄儿，哪天，你帮建一座
建在那个地方
那里有树，有湖，
也有溪流，月光和残阳

可是，生活渐渐苍老了你的皱纹
岁月的秋霜也酸痛着你的骨骼
于是，在每次和我相遇
你便在我面前决了你言语的堤
你先是大谈政治，然后大谈人生，感慨万千
而后再对我构造一个有关佛的梦

慈悲并不为你积德，你救得苦难的人却救不得
自我，我不信，来生你会比今生更幸运
在病痛纠缠你生命的最后一刻
你瞪大了死神的双眼
喉结滚动，而后，悄悄对我说
你在这里待久了，你先回去

你抽搐着身体，直至
生命消逝，满屋的哭号像是木鱼敲响
我僵直……跪……跪了下去……
不落一滴泪！
只是沸腾的血液让我窒息，直至
一把火最终将你神样的躯壳，焚毁！
从此，你离开我
我离开你

清明节，
在那个离家乡很远的地方
我梦到你，我梦到你将你苦痛的灵魂
附于我沉重的身体，我浑身似你抽搐
喉结滚动，我看到我的心在被撕开
我听到我血液奔出血管
我感到我的大脑开始膨胀……
……膨胀……
……最后爆炸……
回声在我耳畔：
侄儿，哪天，你帮建一座罗德宇
建在那个地方
那里有树，有湖，
也有溪流，月光和残阳

我醒了，汗水涔涔

泪水忽然止不住，你说

只要活着，就不会被打倒，可是

你的生命却脆弱得如此不堪一击

今天，是清明节

我给你写诗，准备焚毁在宇宙中

你说你要建一座罗德宇

从此让佛光，让湖光，让月光

让朝霞初上的红日之光凝聚于你的双眸

你死了，但佛从此诞生

别人不信

但我即使难以擦拭眼角的泪水

我也坚定：我信！

悲于长笑

叹语

　　此诗献给我逝世于2008年的伯父。我的伯父是村里的赤脚医生，但他有一颗不羁的心，罗德宇是他心灵的朝圣地。在我小的时候，他特别支持我读书走出去，也常常跟我规划他建罗宇的梦想。

　　他一生爱干净，吃饭前碗要洗好几遍，但却罹患食道癌而逝。临终的那个清早，他让我搀扶他刷牙、洗脸，在我去吃早饭的瞬间，他溘然离去。此后几年，我常常梦见他，有一次，甚至梦见他实现了梦想，领着我朝圣他的罗德宇。醒来后，我心中涌现出莫名的情感，始终说不清，便以文字记之。

百年孤坟

山村的小学课堂上，我正在给学生们讲
《诚实的孩子》，列宁小时候摔破花瓶的故事
我说，孩子们，诚实是你们为人的根本
但是，为人不仅要诚实，还应……
老师，老师，孩子说，爸爸不诚实
他把烂橘子藏在堆里面，一起卖掉
老师，老师，妈妈不诚实
她明明说园子里的葡萄还没有熟
昨晚我看见她和爸爸两个人一起吃
其实，老师我也不诚实，有张百元的假钞
昨晚夜色朦胧的时候也从我的手中滑出
在这个物欲横流的社会

诚信已成为传说，成为一座海市蜃楼

甚至成为每个人嘴角最耻辱的话难以启齿也不愿去做

我感到惊悚，孩子们水灵灵的双眼比溪更清澈

谁有权利让它污浊，啊，谁有权利让它污浊！

我说，孩子们，为人不仅要诚实，更要守信

我今天给大家讲一个故事

在很久很久以前，有一个善良的富翁

拥有一座很漂亮的庄园，还有一个和你们一样大小的孩子

有一天，这个孩子不幸溺水而死

富翁心碎地把孩子埋在庄园的一角，堆了坟

从此，泪水成了他生活的全部

贫穷取代了他的富有

♥

有一天，有个人看上了这座庄园，决心要买下了它

在一张保留孩子坟墓的契约面前

富翁永远地离开了那座庄园

野草啊，青了又黄，黄了又青

岁月无情变迁，百年悄然而逝

一天，一个南征北战叱咤风云的英武将军

最终长眠于那里，长眠于孩子的旁边

他是美国第18任总统格兰特将军

一个孤独了百年的无名的孩子，从此却与伟人做伴

政府在这里修了座漂亮的陵园，孤坟还在陵园里面

一纸契约就是一句永恒的承诺，谁也改变不了，也不愿改变

孩子不再孤独了，在将军逝世的百年纪念那天
契约变成了法律，孤坟将从此永存
我讲完了，孩子们还在静悄悄地听
我不知道，他们是明白还是不明白，只觉得
那紧紧注视着我的眼睛是那么洁净
今天，尽管我们都已经变得多么伪善
孩子纯净的心湖，更应永远碧绿着
孩子啊，纯洁与高尚永远属于年轻的心
老师，老师，现在，那坟还在吗？
在，在，那坟还在！
老师，老师，等我们长大了，那坟还在吗？
在，在，那坟将永远存在下去，
因为契约还在，诚与信都在！

孩子们沉默了，他们也许已经明白了什么了
我忽然感到一阵凉意，是风从窗户里吹了进来
我轻轻地走过去，把它关上
风吹得树木左摇右摆，窗外，天要下雨了
孩子们都没有说话，只用水灵灵的眼睛
注视着我眼睛，似乎从我的眼睛里
他们已经看到了那座百年孤坟

叹语

　　当诚信成为遥远的海市蜃楼，当一诺千金渐渐成为传说，墓地的一纸契约，分明向我们证明着什么，怀念着什么，也呼唤着什么……写下这首诗，是缘于在某所学校教学的课堂感悟，也是真情表达。该诗后来被选登在大型民刊《行吟诗人》，得到很多人的赞许。

吁叹头颅整行囊

十五年前，我二十五岁，风华正茂，恰大学刚毕业，就职于一家杂志社，有幸被安排采访龚鹏程教授。为做好采访准备，我购买了龚鹏程教授著作十余种，昼夜品读，尤被《龚鹏程四十自述》深深震撼，作者自述年少家贫，性情顽劣，缘于一位位恩师的指引，方走上对中华传统文化孜孜不倦的探寻之路。即使四十年间历经诸多困惑、焦虑、选择，但知识最终改变命运！

我慨叹自己的晚熟。虽也出身穷苦人家，历十余载寒窗苦读，才如愿考上大学，走出那穷乡僻壤，大学毕业后又幸运地来到厦门这个大都市就业。可是，与龚鹏程教授的经历与感悟相比，我的二十五岁人生，简直是虚度光阴。我暗暗发誓，待我人生四十，也一定要给自己交一份满意的答卷。虽然不敢奢望能达到龚鹏程教授的知识与人生高度，但我始终相信，只要自己勤恳耕耘，不负自我，就一定能有所收获。

那么，就从二十五岁开始吧。于是，我满腔热血，勤勤恳恳，奔波劳碌，也曾商海浮沉，也曾书舟泛游，终于娶妻生子，事业有成。十五载匆匆过，回首却发现半生无非碌碌，挣不脱的是凡俗缛节，放不下的是得与失、荣与辱、起与落的烦恼。子曰："吾十有五而志于学，三十而立，四十而不惑，五十而知天命，六十而耳顺，七十而从心所欲不逾矩。"吾非圣贤！回顾自己四十载的追求，寻无一事迹聊以自慰，却满是扯不断理还乱解不了的惑！噫吁嚱！

闲暇更喜读书，偶读陆游《秋思》："人生四十叹头颅，久矣心知负壮图。未死皆为闲日月，无求尽有醉工夫。风凋木叶流年晚，秋入窗扉病骨苏。信步出门湖万顷，季鹰不用忆莼鲈。"陆游有着宋朝文人天生的使命感：北伐中原，收复失地。然其仕途不顺，前后两次被贬，41岁那年，更是直接被免了职。他明白，自己一生的抱负，恐怕终究会像头顶的白发一样，一日比一日稀疏。"闲日月""醉工夫"，无非是虚度光阴罢了。醉后的随意漫步，却见门外碧波万顷，湖光秋色扑面而来，不禁想起西晋的张翰，为了家乡莼菜羹和鲈鱼脍的美味竟辞官还乡；而想想自己，连官都不用辞了，眼前的万顷湖中，多的是莼菜和鲈鱼。

陆游以为自己能放下，实则放不下，他理解不了张翰辞官为莼鲈的行为，以致后来他在《独酌有怀南郑》诗里，又表达了自己驰骋沙场的抱负："白首功名元未晚，笑人四十叹头颅。"先是自"叹头颅"，又是"笑人四十叹头颅"，料想他心中该有多烦忧。

我无陆游之远大抱负，但尤喜两首诗中的"叹头颅"。人到四十，有如日头过午，回首只不过是"吁叹"几声尔尔。于是，为了纪念这些逝去的时光，我把二十岁始至今创作的诗作进行整理，挑出自己较为喜欢的四十首，编辑成册。这里称作诗作，只是称谓，一直以来，我从未敢将自己涂鸦的文字自诩为"诗"。缘于此，便将篇幅短的作品选为一辑，名为"短吁"；将篇幅长的作品选为一辑，名为"长叹"；合二辑为一书，名为《短吁长叹》。这些"吁叹头颅"的呓语，当是对自己四十岁光阴的记忆封存罢了！

《短吁长叹》能编辑成册，首先得感谢吾妻施保莲，感谢她十二载风雨相伴，给予我诸多创作灵感；感谢她的鼓励支持，给予我整理这些"吁叹头颅"呓语的动力；感谢她勤劳持家，使我逐渐放下烦扰，有了展望未来的舒心。

感恩著名的诗歌评论家庄伟杰博士作序推荐。与庄伟杰博士相识时间不算太长，但相处颇多灵犀。他本是事务缠身，我料想他应是需要多次催促，才会有灵感。于是每隔数日，便私信催稿，他应是不胜其烦，终于某日凌晨三时挥就。我即刻拜读，通篇序言文采斐然，点评深刻，但对我稚嫩的创作方式，他并未作具体地批评，许是给我留下一些面子，衷心感谢！

感恩著名的诗人游以飘馆长作序推荐。与游以飘馆长素未谋面，而相识于一场诗歌活动，尔后偶尔聊上几句。请他作序时，我尚有些惶恐，怕他拒与不拒进退两难。不料我还未给出台阶，他就已欣然应承下来，尔后多次询我时间，怕有所耽搁。一个月前，他不仅提前将序文交付与我，且全文分析细致，让我受益颇多，甚是感动！

感恩海峡文艺出版社的何莉主任的积极推动，此书才得以及时付梓，感恩她给予我的这份四十岁大礼。

感恩家人，感恩身边的恩师，感恩文人好友，感恩这世间的一切美好的事与物！余不赘言，"吁叹头颅"已毕，四十载光阴将逝，那便整行囊，即刻启航。

时不我待，就让过去成为封存的记忆吧。我唯愿从即日起，无负今日，以迎接前方的美好！

2022年12月5日